THE
DIVINE
DIALOGUE
AND OTHER THOUGHTS

JORGE CISNEROS

Ordering Information:

Prime Seven Media
518 Landmann St.
Tomah City, WI 54660

Printed in the United States of America

It will take some time before my
writings become "readable"

(Friedrich Nietzsche, 1887)

SYNOPSIS

The power of dialogue leads us to confrontation and understanding,
which may not always be useful or pleasing to the participants, but
it will always serve to lead to reflection, analysis, and action.
On the other hand, thoughts emerge as an emotional weapon for
existential security, expressing our opinions in chaotic situations,
and conveying to others what may be troubling us (or not?).
We will delve into the boundaries between
reason, madness, reality and dreams.

JORGE CISNEROS

Madrid, Spain, 1963. Foreign Trade Specialist and independent consultant for the EU on SME subsidies. Lecturer. He has traveled to over 100 countries, enjoying cultural immersion. He is an avid reader of philosophy, history, geography, anthropology, archaeology, and geopolitics. He is the founder of the concept of Chaos and an existentialist philosophical advisor. He is the author of the books: EU Aid to SMEs and Private Reflections on Liberty: "Philosophical Nonsense or the Origin of Mental Chaos."

INTRODUCTION

With this series of writings, I don't claim to be unique; it's all based on decades of reflection, observation, and thought. It's not about enjoying it, though I may or may not, but rather gaining insight into the private and personal thoughts that we all have and deserve. If there were more thought, we'd be better.

God denies what we
know, God only takes
what you believe.

> Eres una piedra o bloque básico en la construcción de tu ser, ten paciencia y asegura cada bloque, no intentes llegar a su finalización con materiales no adecuados a tus expectativas pues ten presente que lo aparente tiene su fragilidad y se transformará en ruinas.

You are a stone or basic
block in the construction of
your being. Be patient and
secure each block. Don't
try to complete it with
materials that don't meet your
expectations, because keep
in mind that appearances
have their fragility and
will turn into ruins.

En esta época que vivimos
el ser tiende a encerrarse
en sí mismo, en su mundo,
su mundo ficticio. No
está consciente de cuán
importante es estar Libre.

In this age we live in, we tend to withdraw into ourselves, into our own world, our own fictional world. We don't realize how important it is to be free.

Sobrevivo a los cobardes y a los
que temen, pues aún no han
experimentado ambas cosas.

I outlive the cowards and
the fearful, for they have
not yet experienced both.

> **"**
>
> ¡Si experimentamos con
> el tiempo no sabremos
> qué hora es!
>
> **"**

> "
>
> If we experiment with
> time we won't know
> what time it is!
>
> "

What I dreamt of... (?)

En un país, en un pueblo, en un campo se levanta una torre redonda, es de piedra caliza con reflejos grises y un matiz negruzco que confiere la apariencia de un tronco quemado.

No hay ventanas y sólo posee una pequeña abertura que parece ser o es una entrada, una puerta... Dentro hay una habitación cuadrada, sin techo, sin luz, polvo en el suelo y un cierto tufillo a putrefacción. En el centro hay una mesa rectangular y una solitaria silla... dónde aparentemente hay lo que se asemeja a un hombre que se parece a mí y está sentado escribiendo lo que parece ser su testamento vital, de lo que soñó de un hombre en este mismo lugar escribiendo sobre un hombre en el mismo lugar... no hay fin a ello y nadie leerá lo que estos prisioneros han escrito.

What I dreamt of... (?)

In a country, in a town, in a field, a round tower rises, it
is made of limestone with gray reflections and a blackish
hue that gives the appearance of a burnt trunk.

There are no windows and only a small opening that appears
to be or is an entrance, a door... Inside is a square room,
no roof, no light, dust on the floor, and a certain smell of
putrefaction. In the center is a rectangular table and a solitary
chair... where apparently there is what resembles a man who
looks like me and is sitting writing what appears to be his
living will, of what he dreamed of a man in this very place
writing about a man in the same place... there is no end to
it and no one will read what these prisoners have written.

La oscuridad me envuelve,
sin embargo, hay una
lámpara encendida que
disipa la creciente negrura…
una vez más me encuentro
en el escenario adecuado
para no tropezar.

Darkness surrounds
me, however, there is a
lit lamp that dispels the
growing darkness…
once again I find myself
in the right place to
avoid stumbling.

"Reflexiones sobre el ser"

Los conceptos que uno proclama sobre sí mismo dan lugar a múltiples interpretaciones. Nunca somos nosotros mismos, queremos ser otro u otros y, cuando lo somos o imitamos queremos volver atrás para ser aquello que éramos y perdimos. Nunca nos satisface nuestro Ser pues actuamos inconscientemente de forma distinta a lo que somos realmente. ¿Tenemos miedo de Ser? ¿A caso no nos refugiamos en otro Ser o Seres para evadirnos de nuestra propia realidad? Todo es un quiero Ser pero no puedo, puedo, pero no sé cómo ser. ¡Miraros al espejo, adivinad que hay y quién está detrás…!

"Reflections on Being"

The concepts we proclaim about ourselves give rise to multiple interpretations. We are never ourselves; we want to be someone else or others, and when we are or imitate someone else, we want to return to what we were and lost. We are never satisfied with our Being because we unconsciously act differently from what we really are. Are we afraid of Being? Don't we take refuge in another Being or Beings to escape our own reality? It's all about wanting to Be but I can't, I can, but I don't know how to be. Look in the mirror, guess what's there and who's behind it...!

Otros

Lo trágico es patrimonio del Ser, del Individuo como
tal, pues…¿que justifica más la ¿Existencia de uno
mismo que el mostrar su tragedia en el mundo?

Others

Tragedy is the heritage of Being, of the Individual
as such, for what more justifies one's existence than
displaying one's tragedy in the world?

ELEGÍA A PALMIRA

(Oasis de Tadmor-Siria 1997)

*¡Yo os saludo Ruinas de Palmira, una vez esplendor de
Siria, del mundo, de su comercio, del arte…!;*

*¡Palmira, ruinas solitarias, muros, columnas, avenidas y
tumbas sacrosantas de mil religiones, allí donde se cruzaban
los caravanserai hacia la ruta de Mesopotamia, la cuna de
la civilización, en el intercambio la vida bulle bajo la luz del
Dios Sol y la ¡Madre Luna! ¡Cuántas lecciones útiles, cuántas
reflexiones brindáis al espíritu que quiere y sabe consultaros!*

*Cuando los demás pueblos estaban sojuzgados y callados por la
tiranía tú proclamabas la unión, confundiendo los despojos de los
Reyes con los del Esclavo y, por tanto, proclamando la Igualdad.*

*¡Oh Odenato, Oh Zenobia!, Rey y Reina por igual de la próspera Palmira
¿Por qué os fuisteis?, vosotros espantáis a los tiranos, huyen de vuestro
aspecto y se alejan del orgullo merecido de vuestros palacios, castigáis
al poderoso opresor; arrebatáis el oro al avaricioso compensando
las penurias del pobre, consoláis al desventurado brindándole el
asilo postrero. ¡Ah! Cuando el sueño se acabe y la vida toque su fin
¿qué vestigios quedarán de su utilidad? Una sola ¡PALMIRA!*

*¡Oh, Reina Zenobia!, tú que quedaste sola , sin Rey, supiste conjugar
delicadeza, belleza, diplomacia y sentido común para expandir la
Cultura de Palmira como centro arameo-helenista mostrando a las otras
civilizaciones cuán erradas estaban en su devenir hacia la destrucción.*

*Quisiste ir más allá y Roma no te dejó y la desafiasteis, ¡craso
error! Pues Roma no negocia, Roma es el Imperio.*

ELEGY TO PALMYRA
(Tadmur Oasis, Syria, 1997)

I greet you Ruins of Palmyra, once splendor of Syria,
of the world, of its commerce, of art…!;

Palmyra, lonely ruins, walls, columns, avenues, and sacred tombs
of a thousand religions, there where caravanserai crossed on
the route to Mesopotamia, the cradle of civilisation, life bubbles
in the exchange under the light of the Sun God and the Moon
Mother! How many useful lessons, how many reflections you
offer to the spirit that wants and knows how to consult you!

When other peoples were subjugated and silenced by tyranny,
you proclaimed unity, confusing the spoils of Kings with
those of Slaves and, therefore, proclaiming Equality.

Oh Odenathus, Oh Zenobia, King and Queen alike of prosperous
Palmyra, why did you leave? You frighten tyrants, they flee from your
appearance and from the deserved pride of your palaces, you punish the
powerful oppressor; you snatch gold from the avaricious, compensating
the hardships of the poor, you console the unfortunate, offering them
the final refuge. Ah! When sleep is over and life comes to an end,
what vestiges will remain of its usefulness? Only one PALMYRA!

Oh, Queen Zenobia! You who were left alone, without a King, knew how
to combine delicacy, beauty, diplomacy and common sense to expand
the culture of Palmyra as an Aramaean-Hellenistic center, showing
other civilisations how wrong they were in their path to destruction.

You wanted to go further, but Rome wouldn't let you, and you defied her.
A huge mistake! Because Rome doesn't negotiate. Rome is the Empire.

*La envidia y el miedo hicieron que Palmira, otrora ejemplo de
convivencia y centro de las rutas civilizadas, cayera en manos de
la toda poderosa Roma, una Roma de decadencia comandada
por Aureliano y que, por temor, puso fin a la ciudad surgida
del Oasis, al imperio que se extendía por méritos propios.*

*¡Oh, mi Reina Zenobia! ¡Caíste en manos de Roma y fuiste apresada
quedando sólo tu perfume, el olor a multitud, a cultura, a modernismo,
a convivencia entre pueblos y tuviste que morir lejos del oasis de
vida que era y es en sus ruinas Palmira… Tívoli fue tu tumba en
aquel año del 258 d.c., ahí, en algún lugar yace tu cuerpo esperando
ser revivido para gloria y ejemplo de alianza entre los pueblos.*

*¡Oh, ruinas! Volveré a sentarme entre vosotras para que impartáis
vuestra sabiduría y proporcionéis la calma de vuestra soledad a
mi ser que cada día añora más y más el haber estado ahí.*

¡HASTA PRONTO PALMIRA!

Envy and fear caused Palmyra, once an example of coexistence and a center of civilised routes, to fall into the hands of the all-powerful Rome, a Rome of decadence commanded by Aurelian, who, out of fear, put an end to the city that emerged from the Oasis, to the empire that was expanding on its own merits.

Oh, my Queen Zenobia! You fell into the hands of Rome and were imprisoned, leaving only your perfume, the smell of the multitude, of culture, of modernism, of coexistence between peoples. You had to die far from the oasis of life that was and is in its ruins, Palmyra… Tivoli was your tomb in that year of 258 AD. There, somewhere, your body lies waiting to be revived for glory and as an example of alliance between peoples.

SEE YOU SOON, PALMYRA!

"El Exilio de la Existencia"

¡Adiós, oh vida! ¡Adiós y hasta siempre!

Estos ojos ya han visto lo suficiente y no Quieren ver más; un paso

fúnebre me indica El lugar al que voy. Son pasos que me alejan

No sin dejar sus huellas en la vida.

La luz calla, el silencio se oye, incluso grita,

Y no tengo más remedio que subir a la barca,

A la nave y admirar aquello que se aleja.

¡Ahora veo! Veo, bajo un cielo sin definir,

Campanarios ciclópeos, edificios monumentales

De arquitectura amorfa. ¡Aún puedo vislumbrar

¡A los distintos seres que conocí! Vislumbro

Alegría, tristeza, lujuria, los pecados…

¡Piedad es lo que siento!

Digo adiós a cuanto he visto, sentido, vivido…

Nunca más escucharé los murmullos de vida

Que brotan desde el alma humano. Nunca más

Veré aquello que sentí, ¡Ya sólo soy conciencia!

¡Ay de mí! Añoro los sueños, la imaginación del vivir.

¡Cuán a menudo me viene la nostalgia de los Placeres carnales, la de los

amigos que dejo, La de sabores, sensaciones y olores que un día ¡Disfruté!

¡Vano deseo! Ésta es mi plegaria, la última

Sobre lo vivido, el barco de la muerte zarpa,

Sopla el viento, las velas se hinchan y pronto

Lejos quedaré de lo vivido antaño.

¡Hasta nunca, pues, vida mía!

¡Adiós oh vida! ¿Volveremos a vernos?

¡Adiós y hasta siempre!

"The Exile of Existence"

Farewell, oh life! Farewell and see you later!

These eyes have seen enough and do not want to see more; a funeral step shows

me where I am going. They are footsteps that lead me away

Not without leaving their marks on life.

The light falls silent, the silence is heard, even cries out,

And I have no choice but to climb into the boat,

To the ship and admire what is moving away.

Now I see! I see, under an undefined sky,

Cyclopean bell towers, monumental buildings

Of amorphous architecture. I can still glimpse

The different beings I knew! I glimpse

Joy, sadness, lust, the sins…

Pity is what I feel!

I say goodbye to all I have seen, felt, lived…

Never again will I hear the murmours of life

That spring from the human soul. Never again will

I See what I felt, I am only consciousness!

Woe is me! I long for dreams, for the imagination of living.

How often I feel nostalgia for carnal pleasures, for the friends I've

left behind, for the tastes, sensations, and smells I once enjoyed!

A vain wish! This is my prayer, my last.

Over what I've lived, the ship of death sets sail,

The wind blows, the sails swell, and

soon I'll be far from what I once lived.

Farewell, then, my life!

Farewell, oh life! Will we see each other again?

Farewell and forever!

"DE LO QUE HUBIERA ESCRITO
DANTE MUERTO"

¡Me muero !, llevo postrado en este catre destartalado, en esta alcoba mugrienta más de dos semanas. He contraído la peste, la sífilis, la gonorrea, el mal… ¡ que vida! Debo confesar y redimir mis pecados, pero no ante otro cura, párroco u obispo venido a más por su devoción amoral hacia el Sumo Hacedor. Sólo me confesaré ante Él si es que se atreve.

Ahora debo esperar, esperar a que venga y se presente ante mi, pues yo soy el pecador, el ser pecaminoso que ha cabalgado a lomos de la gran puta de Babilonia, mamado de su teta corrupta… ¡blasfemia ! No estoy poseído, no estoy enajenado, no estoy loco…

simplemente pienso, pienso en la maldad vista, vivida, sufrida, olida, en la tentación que envuelve con su manto putrefacto al ser que somos. ¿Dónde está la bondad? ¿Dónde está Dios misericordioso?

¡Dios ven ya! preséntate! No dejes que siga con este pecado, el pecado de la verdad, de la incertidumbre, de la pérdida de fe, de la duda… ¿Yazco muerto o simplemente soy la sombra del ser que fui?

Un sueño me acecha, una pesadilla me persigue, me hace recordar, no, más bien me engaña y me lleva a vivir historias inimaginables, a recordar cosas que no sé si las viví o quise vivirlas. ¡Lo veo, lo percibo, lo siento en mis carnes que supuran atrocidades llenas de pecado! Historias inverosímiles se entrelazan en mi pensamiento corrupto ¿por qué me haces esto?

"WHAT DANTE WOULD HAVE WRITTEN
WHEN HE WAS DEAD"

I am dying! I have been lying on this rickety cot, in this filthy bedroom, for more than two weeks. I have contracted the plague, syphilis, gonorrhea, the evil… what a life! I must confess and atone for my sins, but not before another priest, parish priest, or bishop who has become greater through his amoral devotion to the Supreme Maker. I will confess to Him only if He dares.

Now I must wait, wait for Him to come and present Himself before me, for I am the sinner, the sinful being who has ridden on the back of the great whore of Babylon, suckled at her corrupt teat… blasphemy! I'm not possessed, I'm not insane, I'm not crazy...

I simply think, I think of the evil seen, experienced, suffered, smelled, of the temptation that envelops the being that we are with its putrid cloak. Where is goodness? Where is the merciful God?

God, come now! Present yourself! Don't let me continue with this sin, the sin of truth, of uncertainty, of the loss of faith, of doubt... Am I lying dead or am I simply the shadow of the being I was?

A dream stalks me, a nightmare haunts me, it makes me remember, no, rather, it deceives me and leads me to live unimaginable stories, to remember things I don't know if I lived or wanted to live. I see it, I perceive it, I feel it in my flesh that oozes atrocities filled with sin! Unlikely stories intertwine in my corrupt mind. Why are you doing this to me?

"*El Abad me invitó a su despacho, un lugar oscuro sólo iluminado por la parca luz que entraba por las vidrieras plomizas con sus colores veteados que reflejaban en el suelo manchas de diversa índole, lo más parecido al purgatorio! La habitación estaba rodeada de una librería con volúmenes que decoraban el ambiente con su textura frágil de desmoronamiento, polvo y olor a humedad, a vetusto, a orina mañanera. ¡Que tentación la de quemar todo aquello!* "

- *Querido aspirante, acércate. Toma asiento.*

"*La mesa era de color del ébano, a decir verdad, de aspecto desagradable y recordaba a la piel de los niníveos, oscura, seca y agrietada por el calor y el frío reinante al mismo tiempo. ¡Una mesa del purgatorio! O ¿una venida del infierno?La figura del abad con su túnica marrón le daba el aspecto de una mierda seca plantada hacía tiempo y postrada con cierta dignidad en un sillón rojo aterciopelado.Su cara, si se puede llamar a "eso" fez, era de una bastez sublime e incluso resultaba un insulto para los cánones de algo parecido a humano: pelillos en el cogote, frente amplia y recta, ojos pequeños y juntos, cejas espesas y de color amarillento, nariz porrona con granos, labios leporinos y una dentadura que solo presentaba atisbos de dientes de antaño. Lo más sorprendente eran sus manos, manos y dedos de un rosado rollizo que juntados recordaban a pezuñas de cerdo... ¿será un enviado de Satán?*

- *Heme aquí. ¿Quién eres?*
- *¡Soy! Y tú ¿quién eres?*
- *Vengo a ... no sé qué. ¿Eres acaso Aquel? No se...*"

"The Abbot invited me to his office, a dark place lit only by the meager light that entered through the leaden stained glass windows, their mottled colors reflecting various kinds of stains on the floor, something very similar to purgatory! The room was surrounded by a bookcase of volumes that decorated the room with their fragile, crumbling texture, dust, and the smell of dampness, of antiquity, of morning urine. How tempting it was to burn it all!"

"Dear aspirant, come closer. Take a seat."

"The table was the color of ebony, to tell the truth, unpleasant-looking, and reminiscent of the skin of the Ninevehians, dark, dry, and cracked from the heat and the prevailing cold at the same time. A table from purgatory! Or one from hell? The figure of the abbot in his brown robes gave him the appearance of a dried-up turd, planted long ago and prostrated with a certain dignity in a velvety red armchair. His face, if one can call "it" a fez, was of a sublime coarseness and even an insult to the canons of anything resembling human: hairs on the back of his head, a broad, straight forehead, small, close-set eyes, thick, yellowish eyebrows, a pimply nose, harelips, and teeth that only showed glimpses of ancient teeth. Most striking were his hands, plump pink hands and fingers that, when put together, resembled the hooves of a Pig... Could it be an envoy of Satan?"

"Here I am. Who are you?"
"I am! And you, who are you?"
"I have come to... I don't know what. Are you perhaps He? I don't know..."

La muerte me acecha, me persigue, ¿que son estos sueños o realidades?
Vuelvo a la realidad de mi muerte inminente, sigo esperando al
Hacedor ¡Ven, Preséntate! No se oye ningún ruido… La vela,
los cirios que proclaman mi muerte se han derretido hasta su
mismísima palmatoria, sólo se adivina una llama que se eleva para
iluminar la habitación que rápidamente mengua para proclamar
la extinción, la extinción de mi vida, pero ¿adónde me extingo?

El corazón late con un compás más que lento, pausado, como
buscando un ritmo al que poder seguir en su agonía, en busca de
lo que la bestia desea: ¡Una muerte violenta y angustiada! Mis ojos
vagan por la habitación, temerosos de lo que pueda aparecer, surgir
de mi mente enferma, de mi cuerpo putrefacto lleno de innombrables
pecados. Lo presiento, pero ¿el qué? Trato de levantarme, pero
me tiemblan las piernas con tanta violencia que parezco un sátiro
en busca de la virgen doncella, incluso siento un cierto cosquilleo
y entreveo o adivino una cierta sensación de levantamiento, de
placer, de éxtasis impúber cuando ve por primera vez los pechos
enjaulados de una dama y se pregunta: ¿qué más habrá allí, allá…?

Oigo un murmullo cavernoso. Un sinfín de voces guturales,
una verborrea vomitiva de gritos, aullidos, súplicas,
dolor sofocante, placer ingrato, quereres y no poderes,
en definitiva, el claroscuro de la vida misma.

¿Dios mío? ¿Qué es ese ruido? ¿Eres Tú ? ¿Me habré
equivocado o lo habré oído en mi delirio?

Death stalks me, pursues me. What are these dreams or realities? I return to the reality of my imminent death, I continue waiting for the Maker. Come, Present Yourself! No sound is heard... The candle, the tapers that proclaim my death have melted down to their very stalks, only a flame can be made out, rising to illumine the room that is rapidly dwindling to proclaim extinction, the extinction of my life. But where am I extinguished?

My heart beats more than slowly, deliberately, as if searching for a rhythm it can follow in its agony, in search of what the beast desires: A violent and anguished death! My eyes wander around the room, fearful of what might appear, emerge from my sick mind, from my putrefying body filled with countless sins. I sense it, but what? I try to get up, but my legs tremble so violently that I feel like a satyr searching for a virgin maiden. I even feel a certain tingling and glimpse or guess a certain sensation of uplift, of pleasure, of prepubescent ecstasy when he sees for the first time the caged breasts of a lady and wonders: what else could there be there, over there...?

I hear a cavernous murmur. An endless stream of guttural voices, a vomitous verbiage of screams, howls, pleas, suffocating pain, unrewarding pleasure, desires but not powers—in short, the chiaroscuro of life itself.

Oh my God? What's that noise? Is it you? Did I make a mistake, or did I hear it in my delirium?

Alguien susurra a mi puerta, apenas audible. La alarma por mi eterno fin suena, suena como el repicar de las campanas de una lejana ermita que poco a poco se convierte en el repicar de la más grandiosa Catedral, Catedral de la Muerte. El cerrojo está echado y esta sensación me da tranquilidad ¡Dios no entiende de cerrojos, vendrá! La puerta se abre, el pestillo ha sido levantado con suavidad y la puerta comienza a abrirse. Mi terror alumbra, echo a correr en muerte y toda gira, un parto que no puedo controlar, ¡suplico un aborto…!

Lenta y gradualmente la puerta gira sobre sus goznes, y ahí, de pie, en el dintel, descubro una figura esbelta envuelta en un manto carmesí, en un sudario color sangre que anuncia mis esputos de vergüenza y muerte inevitable…

Esta visión me paraliza, corro sin poder correr, grito sin voz, imploro sin ser oído, la figura quedó petrificada en el centro de la alcoba.

¿Es Él? La figura "desconocida" se acercó con paso solemne, se acercó a la vera de mi lecho y me señaló, aguardé en silencio el final de la escena.

Pasaron segundos, minutos u ¿horas ?, después de los cuales comenzaron a disiparse los terrores. Hice acopio de fuerzas para abandonar este cuerpo pútrido y parecer lo más lozano posible. De súbito, sentí un aliento dulce, un suspiro sulfuroso, un soplo de esperanza, un huracán de desánimo, volví a mi estado de flojedad moral, de estado enfermizo, de muerto viviente. ¿Seguiré en el Purgatorio? ¿He caído en el Averno? ¿Acaso subo a los Cielos? ¿Qué es el cielo o el averno sin saber?

¡Dios mío! ¿Estás ahí? ¿Eres Tú?

Someone whispers at my door, barely audible. The alarm for my eternal end sounds, it sounds like the ringing of the bells of a distant hermitage that slowly becomes the ringing of the most magnificent Cathedral, the Cathedral of Death. The bolt is closed, and this feeling gives me peace. God doesn't understand bolts, he will come! The door opens, the latch has been gently lifted, and the door begins to open. My terror dawns, I run into death, and everything spins, a birth I can't control, I beg for an abortion...!

Slowly and gradually the door turns on its hinges, and there, standing on the threshold, I discover a slender figure wrapped in a crimson mantle, in a blood-colored shroud that announces my spittle of shame and inevitable death...

This vision paralyzes me, I run without being able to run, I scream without a voice, I implore without being heard, the figure remained petrified in the center of the bedroom.

Is it Him? The "unknown" figure approached with a solemn stride, came to the side of my bed, and pointed at me. I waited in silence for the scene to end.

Seconds, minutes, or hours? passed, after which the terrors began to dissipate. I mustered my strength to abandon this putrid body and appear as healthy as possible. Suddenly, I felt a sweet breath, a sulfurous sigh, a gust of hope, a hurricane of discouragement. I returned to my state of moral weakness, my sickly state, that of the living dead. Am I still in Purgatory? Have I fallen into Hell? Am I ascending to Heaven? What is Heaven or Hell without knowing? My God! Are You there? Are You?

Oh my God! Are you there? Is that you?

"El Abad se levantó y con mirada retorcida me dijo: ¡Dante profanador de la ¡Verdad !, muere pues en tu detritus vital y no ahogues las penas universales en un laberinto del No Saber."

¿Qué ha podido ser ese ruido? ¿Cuál es el significado de esa visión? ¿Me habré equivocado, o lo habré oído en alguna realidad?

Mis reflexiones fueron interrumpidas por la figura que queda estaba en medio de la alcoba. No sabría describirla, era todo un halo de luz a la vez límpida y oscura, difuminada y clara en sus trazos mezclados con el horror absoluto y la belleza prístina. ¿Quién coño eres? La Figura permaneció en una actitud arrogante, desafiante, insultante para un moribundo, es la hora y el ruido silencioso cesó.

- Dentro de una hora -dijo una voz suave-grave-débil-estridente-cavernosa-sepulcral…, dentro de una hora volveremos a vernos.

- ¿Nos veremos otra vez? ¿Por qué de esta agonía, de esta incertidumbre, de este existir no existir? ¿Cuál es mi mal, mi pecado, mi inmoralidad existencial? ¿Que he hecho?

La Figura alzó su dedo para luego bajarlo parsimoniosamente y levanto el velo que cubría su rostro.

¡Dios mío, Todopoderoso! ¡Mi Madre, Mi Padre, Mi Amor, Mi Yo, ¡Mi Fui!

Echo a llorar amargamente y proclamo: ¡He nacido para vivir y muero sin haberlo conseguido!

"The Abbot stood up and with a twisted look said to me: Dante, profaner of the Truth! Die then in your vital detritus and do not drown universal sorrows in a labyrinth of Unknowing."

What could that noise have been? What is the meaning of that vision? Was I mistaken, or did I hear it in reality?

My thoughts were interrupted by the figure standing in the middle of the room. I couldn't describe it; it was a halo of light, both limpid and dark, blurred and clear in its lines, mingled with absolute horror and pristine beauty. Who the hell are you? The figure remained in an arrogant, defiant attitude, insulting to a dying man. It was time, and the silent noise ceased.

"In an hour" said a soft-deep-weak-shrill-cavernous-sepulchral voice… "in an hour we will see each other again."

"Will we ever meet again?". "Why this agony, this uncertainty, this existence-not-existence? What is my evil, my sin, my existential immorality? What have I done?"

The Figure raised its finger, then slowly lowered it and lifted the veil covering its face.

"My God, Almighty! My Mother, My Father, My Love, My Self, My Being!"

I burst into bitter tears and proclaimed: "I was born to live, and I die without having achieved it!"

*Huye de lo que conoces, acércate
a lo desconocido y aprende a
ser diferente. Sé un fugitivo
del conocimiento y un profano
de lo que hay por conocer.*

*"Sé un prisionero para
apreciar la libertad de tú
mismo y no a las cadenas
que te atan a los demás".*

*Flee from what you know,
embrace the unknown, and learn
to be different. Be a fugitive
from knowledge and a stranger
to what there is to know.*

*"Be a prisoner to appreciate
the freedom of yourself
and not the chains that
bind you to others."*

La Biblioteca

Soñé que vagaba por un bosque, un bosque desconocido por mí, de colores un tanto erróneos para nuestro concepto, suelo blando y tembloroso como si estuviera vivo y latiendo.

A lo lejos divisé un edificio si así se le puede llamar, es de formas extrañas sin sentido geométrico conocido, me acerqué atraído por una fuerza de curiosidad no deseada, aunque también por la seguridad de huir del paraje en el que me hallaba.

Pude ver un hueco, entrada…No sé. Me adentré para encontrarme un laberinto de pasadizos iluminados por la propia estructura de carácter primordial y demencial. Seguí uno de ellos por instinto, sabía que nunca podría regresar.

Llegué a una sala de dimensiones colosales y en el centro vi una forma pétrea de parecido a una mesa, ahí había un libro sin título, sin tacto definido…lo abrí y estaba ¡vacío! Entonces una extraña sensación se apoderó de mí y comprendí; Yo soy el libro y debo rellenarlo con mi vida, lo vivido, en definitiva, me encontraba en la Biblioteca de Dios.

The Library

*I dreamed that I was wandering through a forest, a forest
unknown to me, with colors somewhat wrong for our concept,
soft and trembling ground as if it were alive and beating.*

*In the distance I saw a building, if that's what you can call
it. It has strange shapes with no known geometric meaning. I
approached, attracted by an unwanted force of curiosity, but also
by the certainty of fleeing the place where I found myself.*

*I could see a gap, an entrance... I don't know. I went inside
to find a labyrinth of passageways lit by the structure
itself, a primordial and insane quality. I followed one of
them on instinct; I knew I could never return.*

*I arrived at a room of colossal dimensions, and in the center I saw a
stone shape resembling a table. There was a book, with no title, no
definite feel... I opened it, and it was empty! Then a strange feeling
took hold of me, and I understood: I am the book, and I must fill it
with my life, my experiences. In short, I was in God's Library.*

The Letter

REF: I PROTEST

I have received your kind request on which you recommend me to end my existence. In this sense I protest as I'm aware of my freedom to choose to exist or not, I also have the right to disagree upon the petition.

As above stated, I hereby take the choice to be free of decision and not a refugee of life, I admit my deeds, not always according to your built system, but I must say that I have accomplished my dreams, fears and expectations (are they satisfactory? Who knows!)

Please refer to the witnesses of my life as they might contribute to my defense for the choice to end or continue with my present existence.

As per all stated, I have taken my firm decision to keep on living despite your urge to end it.

No more requests, letters, or writings will be accepted in this address as I will be away on my own thoughts.

Yours truly,

....

Todos tenemos un encanto
mientras no queramos
demostrar lo que no somos

We all have charm as
long as we don't want to
show what we are not.

Nos creemos tan superiores
que hemos incapacitado
a dios y la fe, somos tan
débiles que adoramos
las máquinas que nos
incapacitan para responder
a nuestros sentimientos.

We believe ourselves to be so superior that we have rendered God and faith incapable; we are so weak that we worship machines that render us incapable of responding to our feelings.

Nuestros instintos de supervivencia cada vez son menores debido a una falsa sensación de protección que nos impide ver la realidad existencial

Our survival instincts are diminishing due to a false sense of protection that prevents us from seeing existential reality.

Normalmente tendemos a controlar los animales, en mi caso me controlan y la mayor parte son humanos

Normally we tend to
control animals, in my case
they control me and most
of them are humans.

No podré llegar de aquí allí, pero de allí podré llegar aquí llegando a algún sitio pero no aquí

I won't be able to get from here
to there, but from there I will
be able to get here, arriving
somewhere but not here.

La Maleta

Debido a una llamada inesperada debo iniciar un viaje…el lugar no está aún determinado, será a última hora el destino que me han elegido. Es evidente que debo preparar la maleta, la maleta de la vida pues no sé lo que me deparará ese incierto viaje, no debo olvidar el billete de ida, la vuelta ya se verá.

The Suitcase

Due to an unexpected call, I have to start a trip... the place hasn't been decided yet; the destination they've chosen for me will be a last-minute one. It's obvious I must pack my suitcase, the suitcase of life, because I don't know what this uncertain journey will bring. I mustn't forget my one-way ticket; the return trip remains to be seen.

Las comparaciones son odiosas, pero nos permiten saber lo que poseemos y lo que carecemos, teniendo en cuenta la búsqueda del equilibrio entre ambos: ¿careces? ¡Busca!, ¿Tienes? ¡Mejora!

Comparisons are odious, but
they allow us to know what
we have and what we lack,
keeping in mind the search
for balance between the two:
Do you lack? Look for it!
Do you have it? Improve!

Los días del Futuro Pasado

Algo habrá ahí fuera (*), algo que
apreciar, algo que temer; apreciar por
ser diferente a nosotros, temer por
ser igual a nosotros. ¡Busquemos!

(*) No me refiero a extraterrestres, aunque podría valer

The Days of Future Past

There must be something out there, something to appreciate, something to fear; appreciate for being different from us, fear for being like us. Let's look!

I'm not talking about aliens, although that might be worth it.

Me considero una
persona vulnerable ante
la estupidez humana

I consider myself a
person vulnerable to
human stupidity.

God denies what we
know, God only takes
what you believe

"El Desplazado"

¡Me dijiste o me dijeron que podría venir…Se me negó!
Justifique pobreza, hambre, sed, persecución y se me
negó poder tener una oportunidad en otro lugar.
He tenido que sufrir, atravesar selvas, desiertos, mares, pagar por
caminar y penurias con la muerte acechándome en cada etapa.
Llego…y me rechazan, me aíslan y toman la firme
decisión de devolverme al lugar en que sufría.

"The Displaced"

You told me, or they told me, that I could come… I was
denied! I justified poverty, hunger, thirst, persecution, and
I was denied the opportunity to have it anywhere else.
I've had to suffer, cross jungles, deserts, seas, pay to walk,
and endure hardships with death lurking at every step.
I arrive… and they reject me, isolate me, and make the firm
decision to return me to the place where I suffered.

Los Destructores

Hace millones de años surgió una "especie", evolucionó,
desarrolló una forma de vida separada de la naturaleza que
la rodeaba, empezó a erigir lugares donde concentrarse
y así evitar el contacto natural, el alrededor.

refugiándose en su mundo sin importarle
lo que ocurría a su alrededor.
Empezó a multiplicarse sin tener el espacio y los recursos, por lo que,
siguió en su afán de ocupar otros lugares a sangre y fuego, siempre
en busca de una satisfacción egoísta de dominio, destruyó, destruyó
naturaleza y seres en aras de un afán de poder y control, poder más…

Sin embargo, todo ello llegó a su fin, aquella naturaleza (primigenia) se
revolvió y los supuestos "invasores" carecían de métodos para sobrevivir,
la naturaleza con la paciencia del origen todo, retornó al principio.
Aquella especie se la llamó Los Destructores.

The Destroyers

Millions of years ago, a "species" emerged, evolved, developed
a way of life separate from the nature that surrounded
it, began to build places where it could concentrate and
thus avoid natural contact with its surroundings.

Taking refuge in their world, heedless of
what was happening around them.
They began to multiply without having the space or resources, so
they continued their quest to occupy other places with blood and fire,
always seeking the selfish satisfaction of domination. They destroyed
nature and beings in pursuit of power and control, more power...

However, all of this came to an end. That (primal) nature revolted,
and the supposed "invaders" lacked the methods to survive. Nature,
with the patience of the origin of all, returned to the beginning.
That species was called The Destroyers.

“

¡No me gustaría ser como tú,
ya soy tú y quiero ser yo!

”

Si quieres ser otro, selo, pero nunca serás tú, serás un
reflejo que anula (rá) tu propia existencia.

> **"**
>
> I wouldn't like to be like you. I'm
> already you, and I want to be me!
>
> **"**

If you want to be someone else, be it, but you'll never be you.
You'll be a reflection that nullifies your own existence.

Keep a secret, don't let it
show! The secret is a show!

> **"**
>
> Keep a secret, don't let it show! The secret is a show!
>
> **"**

La mujer es la perfección, el hombre probablemente un defecto, pero ambos carecen de una demostración existencial.

The woman is perfection, the man probably a defect, but both lack an existential demonstration.

Lamentablemente entramos en una época de soledad y aislamiento (personal), no creamos amistades, creamos círculos de iguales y no admitimos o sabemos admitir aquello que nos sea ajeno a nuestros "principios" … ¿Que principios? ¡Ni nosotros mismos lo sabemos! ¿Dónde está la naturalidad del ser? ¡Necesito una explicación!

"Unfortunately, we're entering a period of loneliness and (personal) isolation. We don't make friends, we create circles of equals, and we don't accept, or know how to accept, anything that's alien to our "principles." What principles? We don't even know! Where is the naturalness of being? I need an explanation!"

La sinfonía de la vida debe estar en armonía con la existencia, los acordes en correlación con el caos, sólo así llegaremos al sonido interior para convivir con aquello que nos es ajeno y saber posicionar nuestro ser en el cosmos caótico.

The symphony of life must be
in harmony with existence,
the chords in correlation
with chaos. Only then will
we reach the inner sound
to coexist with that which
is alien to us and know
how to position our being
in the chaotic cosmos.

-Sarcasmo-

Las velas son para iluminar
no para apagarlas

~Sarcasm~

Candles are for lighting,
not for extinguishing.

¡Antes de existir
hay que nacer!

> **"**
>
> # Before existing, one must be born!
>
> **"**

> **"**
>
> Debido a mi acuciante anti-
> sociabilidad he aprendido a escuchar
> y observar conteniendo mis opiniones
> y pareceres (¡prefiero leer!)
>
> Cuánto más observo la existencia
> de mi entorno más miedo me
> da de interactuar con ella
>
> **"**

¿No te gustaría estar de mi lado?

"

Due to my acute anti-sociability,
I've learned to listen and observe,
holding back my opinions and
views (I prefer to read!)

The more I observe the existence
around me, the more afraid I
become of interacting with it.

"

Wouldn't you like to be on my side?

Lo que he vivido es el pasado,
lo que vivo el presente, ambos
más que positivos respecto
a mi existencia, el futuro un
concepto incierto, pero tanto
el pasado como el presente me
ayudarán a vivir el futuro.

What I have lived is the past,
what I live is the present, both
more than positive regarding
my existence, the future is
an uncertain concept, but
both the past and the present
will help me live the future.

"

Ahorrar en emociones es ignorar
aquello que nos afecta en nuestro
propio sistema existencial

"

Saving on emotions is
ignoring what affects us in
our own existential system

"

La ilusión es un reflejo de
nuestras decepciones

"

"

Illusion is a reflection of
our disappointments.

"

> **"**
>
> Alejaos de la luz y la oscuridad
> pues ambas son la muerte
>
> **"**

Stay away from light and
darkness, for both are death.

Lo que está roto lo
reparas o desechas,
depende de su utilidad
y para lo que sirvió

What is broken you repair
or throw away, it depends
on its usefulness and
what it was used for.

No bases tu derecho o
rechazo a existir basado en
los demás… ¡sé tu mismo!

Don't base your right
or refusal to exist on
others... be yourself!

Hazme magia y me lo creeré (?), Hazme un milagro y podré creer (¿), Hazme una realidad y creeré firmemente

Make magic for me and I'll believe it (?), Make a miracle for me and I'll be able to believe (?), Make a reality for me and I'll firmly believe

¿Dónde está el límite de lo que somos?, ¿dónde está la frontera entre lo real y lo onírico?

Where is the limit of what we are? Where is the border between reality and dreams?

Proclamo que estamos en un claro retroceso cerebral, solo pensamos en aquello que los demás proclaman sin fondo y de forma banal, nos interesa lo que nos dictan y queremos ver… ¿dónde dejamos nuestro propio pensamiento?

I proclaim that we are clearly in a cerebral regression. We only think about what others proclaim without substance and in a banal way. We are interested in what they dictate to us and we want to see... Where do we leave our own thinking?

"

Nacemos y morimos, eso es
una realidad, pero ¿vivimos?

"

We are born and we die, that
is a reality, but do we live?

Deja como legado dos
cosas: el poder de luchar
y el más importante
el de observar

He leaves two things as a
legacy: the power to fight
and, most importantly,
the power to observe.

No hay principio a mi
vida ni fin a mi muerte sin
embargo podemos afirmar
que la existencia es efímera

There is no beginning to
my life nor end to my death,
however we can affirm that
existence is ephemeral.

Los días no me dieron
sabiduría sino los pecados
cometidos en vida y,
sobre todo, la observación
de mi entorno. No
quiero ni gloria ni pena,
simplemente poder existir

The days didn't give me
wisdom, but rather the sins
I committed in life and,
above all, the observation
of my surroundings. I
don't want glory or shame,
just to be able to exist.

Si te miras al espejo te verás
a ti mismo, ello no significa
como te verán los demás

If you look in the mirror you will see yourself, that does not mean how others will see you.

Si te ven hacer nada lo llaman procrastinar, si dices que estás pensando, observando, soñando despierto… o incluso leyendo un libro dirán que procrastinas

If they see you doing nothing
they call it procrastinating,
if you say you are thinking,
observing, daydreaming... or
even reading a book they will
say you are procrastinating.

El hombre muere por su avaricia hacia los demás no por su creencia en sí mismo

Man dies because of his greed
towards others, not because
of his belief in himself.

> **"**
>
> Tanto en la opresión como
> en la "libertad" nos oprimen
>
> **"**

In both oppression and
"freedom" we are oppressed.

Estamos inmersos en una
vorágine existencial, dudas
y temores, necesitamos
cada vez más ayuda ya
sea profesional o medical-
farmacéutica… ¿Podremos
ser nosotros mismos o quizás
no lo queramos ser y dejarnos
llevar por la ola? Nos dejamos
justificamos con lo que los
demás hacen y copiamos,
¿Puedes o podrás ser tú mismo?

We're caught in an existential turmoil, filled with doubts and fears. We increasingly need help, whether professional or medical-pharmaceutical. Can we be ourselves, or perhaps we don't want to be and just go with the flow? We allow ourselves to be justified by what others do and copy it. Can you or will you ever be yourself?

El Nómada

Llevo a mis espaldas el polvo del camino, la añoranza de mi lugar
y no sé dónde llegaré. Cruzo ríos, desiertos, montañas, mares, veo
la muerte constantemente, el peligro que acecha en cada paso…
no sé dónde llegaré. Busco algo mejor, algo que pueda tener
sin sufrir por ello. ¡Soy un desplazado del mundo de todos!

El Nómada

I carry on my back the dust of the road, the longing for my place, and I don't know where I'll end up. I cross rivers, deserts, mountains, seas, I constantly see death, the danger that lurks at every step... I don't know where I'll end up. I'm looking for something better, something I can have without suffering for it. I'm displaced from everyone's world!

"

La vida es efímera, el
pensamiento eterno

"

"

Life is ephemeral,
thought eternal.

"

Los dioses nos abandonaron, se fueron…no éramos dignos de ellos y de nuestra existencia. Quizás algún día regresen, pero solo para aniquilarnos y volver al comienzo con la esperanza de ver unos seres en armonía y sin crear caos.

The gods abandoned
us, they left…we weren't
worthy of them or our
existence. Perhaps one day
they will return, but only
to annihilate us and return
to the beginning, hoping to
see beings in harmony and
without creating chaos.

> "
> Podría ser interesante volver a la inocencia y adquirir una visión "nueva-renovada" sobre la existencia o lo existente. Tendría dos versiones:
> "

1. volveríamos a nuestra imbecilidad actual o
2. seríamos capaces de ser

"

It might be interesting to return
to innocence and acquire a "new,
renewed" vision of existence or what
exists. There are two versions:

"

1. We would return to our current imbecility or
2. We would be capable of being

Percibo que debo partir, salir de este estado de satisfacción insatisfecha, perecer mentalmente y solo recrearme con lo existido. Cada vez me escuchan o leen menos, sin interés no hay un porqué, tampoco es grave, quedaros con vuestra existencia y yo la mía.

I realise I must leave, emerge from this state of unfulfilled satisfaction, perish mentally, and simply revel in what exists. They listen to me or read me less and less; without interest, there's no reason, and it's not serious. Keep your existence, and I'll keep mine.

Había un chico sentado en la acera con mirada perdida y pensativa… Parecía observar nada. Me acerqué y le pregunté si tenía algún problema y me contestó: Sí, no me gusta lo que veo, no me gusta lo que pensáis, vuestra existencia es basura y sólo estáis para vosotros mismos sin pensar en el alrededor, quisiera no existir para ver otro mundo en el que poder contemplar la sinceridad de cada ser.

There was a boy sitting on the sidewalk, his gaze lost and thoughtful… He seemed to be observing nothing. I approached him and asked him if he had a problem, and he replied: Yes, I don't like what I see, I don't like what you think, your existence is garbage and you only live for yourselves without thinking about your surroundings, I wish I didn't exist so I could see another world where I could contemplate the sincerity of every being.

EL DIÁLOGO DIVINO

Me encontraron deambulando por no sé dónde, hablando
solo y balbuceando cosas incomprensibles.

Mi nombre no importa, lo que me propongo a relatar es una
experiencia que hoy no soy capaz de distinguir entre si fue una
realidad o un sueño…En ambos casos se tornó en un espanto y
ahora me encuentro en una "especie" de prisión, manicomio o
lugar de reposo "mental" pero mis recuerdos son más vívidos que
nunca. Insisto que no puedo distinguir entre los onírico y lo real.

Ahora me encuentro en una celda totalmente acolchada, ventanas
con rejilla y barrotes en su parte exterior, cama de goma o
algo parecido una mesa de goma con papel y ceras infantiles
para escribir…me dicen que es por mi bien y evitar tentativas
de algún tipo de suicidio. Mi médico, psiquiatra o sicólogo u
otro tipo de persona me recomienda que escriba y describa lo
que me produjo la situación actual en la que me encuentro.

Por tanto, paso a poder describir aquella situación dentro de mi
frágil memoria y emoción descontrolada por los eventos que
pasaré a relatar. Quién lo lea quizás aprecie la imaginación de un
loco, otros creerán en una realidad, otros el poder del soñar.

Mi nombre no importa, lo repito, mi físico actual indescriptible
al no tener un espejo o reflejo donde poder verme.

Después de una pérdida de noción temporal he decidido coger esas
ceras de colores pueriles y transcribir mi "aterradora" experiencia.

Empecemos.

THE DIVINE DIALOGUE

They found me wandering around I don't know where, talking to myself and babbling incomprehensible things.

My name doesn't matter; what I intend to relate is an experience that today I'm unable to distinguish between reality and a dream… In both cases, it turned into a horror, and now I find myself in a "kind" of prison, asylum, or "mental" rest center, but my memories are more vivid than ever. I insist that I can't distinguish between dream and reality.

Now I find myself in a fully padded cell, with grated windows and bars on the outside, a rubber bed or something similar, a rubber table with paper and crayons for children to write on… they tell me it's for my own good and to prevent any kind of suicide attempt. My doctor, psychiatrist, psychologist, or someone else recommends that I write down and describe what caused me to face the current situation I find myself in.

Therefore, I can now describe that situation within my fragile memory and uncontrolled emotion over the events I will now recount. Those who read this may appreciate the imagination of a madman; others will believe in reality; and others will appreciate the power of dreaming.

My name doesn't matter, I repeat, my current physique is indescribable without a mirror or reflection where I can see myself.

After a temporary loss of consciousness, I decided to take those childishly colored crayons and transcribe my "terrifying" experience.

Let's get started.

Todo empezó con un viaje de placer y evasión de mi
vida mundana en lugares urbanos, quería, buscaba
el sosiego y la paz y así emprendí un viaje sin rumbo
fijo y a donde me llevara el destino incierto.

Con cierta licencia pensativa y antes de pasar al relato de
la experiencia, quisiera plantear ciertas reflexiones un
tanto filosóficas: ¿dónde está la moral, acaso nos creemos
superiores moralmente a otras épocas? ¿Cuál es la diferencia
entre los susodichos bien y mal? ¿Qué es lo que nos permite
distinguir entre un mal y un bien? Un concepto del bien
es destruir aquello no nos place, un concepto del mal es
destruir lo que no nos satisface. ¡Reflexionemos!

Me acerqué a un paraje, a un pueblo sin nombre, en ese momento
supe algo que estaba maldito, divino, diferente y a la vez atrayente.

Ese paraje donde no sabía como llegué era reseco
y a la vez pantanoso con arboles milenarios
o de tiempos inmemorables, me produjo un
desasosiego, por un lado, observar la inmensidad
de lo que hay y por otro lo que habrá.

Mi origen creo saberlo, mi destino no, así
como si llegaré o he llegado…

Me dicen que hay que mantener a los "internos" en el camino del
razonamiento, pero de alguna forma o manera he perdido mi camino.

It all started with a pleasure trip and escape from my mundane life in urban places. I wanted, I was looking for peace and quiet, and so I embarked on a journey with no fixed destination, wherever my uncertain destiny would take me.

With a certain amount of thoughtful license and before moving on to the account of the experience, I would like to offer some somewhat philosophical reflections: Where is morality? Do we perhaps believe ourselves morally superior to other eras? What is the difference between the aforementioned good and evil? What allows us to distinguish between good and evil? One concept of good is to destroy that which displeases us; the other concept of evil is to destroy that which dissatisfies us. Let us reflect!

I approached a place, a nameless town, and at that moment I knew something was cursed, divine, different, and at the same time alluring.

That place, where I didn't know how I got there, was
dry and at the same time swampy, with trees that were
ancient or from time immemorial. It caused me a feeling
of unease, on the one hand, observing the immensity of
what there is and, on the other, what there will be.

I think I know my origin, but not my destination,
nor whether I will arrive or have arrived…

They tell me to keep the "insiders" on the path of reasoning,
but somehow, shape or form, I've lost my way.

No quiero adentrarme en cuestiones filosóficas o nihilistas, en mi caso pasé de la nada al todo, a todo significado y al valor de una existencia efímera o lo que pueda quedarme de ella…No hay límite a lo que oí ni final a lo que pueda devenir por haber lo que he oído, esta es mi triste sabiduría que deseo no exista y acabe lo antes posible.

Lo que transcribiré solo puede significar dos cosas, o quien lo escribe está loco o lo está el que lo lee.

Únicamente deseo mi inminente muerte, algo que me liberará de la losa de haber vivido aquella situación y con un secreto que no debería ser transcrito, por un lado, deseo que lo escrito sea mi testamento a la verdad y denuncia a la mentira "impuesta" por las diversas fes o creencias.

Hazme magia y me lo creeré (¿), hazme un milagro y podré creer (¿), hazme una realidad y creeré firmemente. ¿Dónde está el límite de lo que somos dentro de la eternidad-realidad y dónde está la frontera entre lo real y lo onírico?

I don't want to delve into philosophical or nihilistic questions, in my case I went from nothing to everything, to all meaning and the value of an ephemeral existence or what may remain of it... There is no limit to what I heard nor end to what may become from what I have heard, this is my sad wisdom that I wish does not exist and ends as soon as possible.

What I am about to transcribe can only mean two things: either the person writing it is crazy or the person reading it is.

I only wish for my imminent death, something that will free me from the burden of having lived through that situation and with a secret that should not be transcribed. On the one hand, I wish that what I have written be my testament to the truth and a denunciation of the lies "imposed" by the various faiths or beliefs.

Make magic for me and I'll believe it (?), make a miracle for me and I'll be able to believe (?), make a reality for me and I'll firmly believe. Where is the limit of what we are within eternity-reality and where is the border between reality and dreams?

Como dicho antes ese paraje o valle era a la vez espantoso, pero tenía una atracción de ver qué hay o habrá…era el pueblo sin nombre en un lugar remoto con casas y construcciones en piedra granítica de tiempos indeterminados, no era ni moderno con sus ladrillos ni tan antiguo con piedras calizas, eran bloques de granito y techos de madera con simples entradas y pocas ventanas o más bien troneras, piedra gris, negra pero hecho a la perfección.

Nada estaba iluminado no obstante divisé una luz tenue en una de las casas y me pare para solicitar una habitación y algo que comer. Me recibió una mujer hosca, mirada sería, cuerpo un tanto deforme a nuestros cánones, pero con cierta belleza en la mirada, únicamente la mirada.

Quisiera entender ésta "locura", distinguir entre el sueño, pesadilla o una realidad.

Quiero insistir e insistiré en mis emociones y percepción de donde arribé. Nada más acercarme a la aldea "sin nombre" y cuyo nombre no recuerdo ni recordaré sentí una inquietud constante, una sensación de desasosiego y de tener que salir, huir, buscar otro lugar donde volver a mis sentidos y emociones de una "vida" en llamemos normalidad, supe que aquí se respiraba un aura de dualidad cósmica, de divino y terrenal al mismo tiempo.

Algo me empujaba a huir, a salir corriendo sin mirar atrás, pero algo me lo impedía, existía una atracción que me decía e incluso me obligaba a quedarme; tenía aparentemente un destino que solo me podría aportar la locura, duda existencial o caer y ver la o una realidad que se nos es ajena.

As I said before, that place or valley was both terrifying, but it had an attraction to see what is there or will be... it was the nameless town in a remote place with houses and buildings made of granite stone of indeterminate times, it was neither modern with its bricks nor so ancient with limestone, they were granite blocks and wooden roofs with simple entrances and few windows or rather loopholes, grey stone, black but made to perfection.

Nothing was lit, but I spotted a dim light in one of the houses and stopped to ask for a room and something to eat. I was greeted by a sullen woman, with a serious expression, a body somewhat deformed by our standards, but with a certain beauty in her gaze—just her gaze.

I would like to understand this "madness," to distinguish between a dream, a nightmare, or reality.

I want to emphasize, and will emphasize, my emotions and perception of where I arrived. As soon as I approached the "nameless" village, whose name I neither remember nor will ever remember, I felt a constant restlessness, a feeling of unease and of needing to leave, flee, find another place where I could return to my senses and emotions of a "life" that, let's call normal, was breathed here. I knew that an aura of cosmic duality, of both divine and earthly, permeated the air.

Something was pushing me to flee, to run away without looking back, but something was holding me back. There was a pull that told me, even compelled me, to stay. I apparently had a destiny that could only bring me madness, existential doubt, or falling and seeing a reality that is foreign to us.

"

*Nunca puedes dar por muerto lo
que por siempre permanece*

"

El miedo y la curiosidad me hablaba, ese camino empedrado
con losas y casas de piedra antediluviana producía una atracción
incontrolable, había que seguir, ver, estar, observar y … ¡resistir!

He olvidado puntualizar algo un tanto sorprendente, en
ese lugar no había vestigios de lugares sacros, ni iglesia
ni elementos de adoración, simplemente las casas.

Pensé: Qué impide abrazar o renegar religiones si en
definitiva todas son las mismas…hay un ente superior-es o
no, algún profeta que dicta y enviados que lo promulgan.

En este lugar innombrable el tiempo parecía haberse detenido,
el cielo era de un constante gris tenue donde se divisaba un sol
queriendo luchar por salir y brillar, la temperatura era constante
sin cambios y se percibía la carencia total de naturaleza viviente, no
se oía nada, ni viento, ni aves que trinarán o revoletearán…era una
naturaleza muerta. Un lugar detenido entre la vida y la muerte.

> *You can never give up on*
> *what remains forever.*

Fear and curiosity spoke to me, that cobbled path with slabs
and antediluvian stone houses produced an uncontrollable
attraction, I had to continue, see, be, observe and... resist!

I forgot to point out something rather surprising:
there were no vestiges of sacred sites, no churches,
no elements of worship there, just houses.

I thought: What prevents us from embracing or rejecting religions if, in
the end, they are all the same... There is a higher entity—whether it is
or not—some prophet who dictates and messengers who promulgate it.

In this nameless place, time seemed to stand still. The sky was
a constant, dim gray, where a sun could be seen struggling to
rise and shine. The temperature was constant, unchanged,
and the total lack of living nature was felt. Nothing could
be heard, no wind, no birds chirping or fluttering... it was
a still life. A place frozen between life and death.

La señora de ojos vívidos y mirada penetrante me recibió sin
expresión alguna, su vestimenta parecía o era de siglos pasados,
en su cintura lucia una faja de cuero con anillas y de ellas colgaban
múltiples e inmensas llaves, mas que una posadera parecía
una guardiana de algo o lugar que no deberíamos indagar.

Le pregunté si había más gente o huéspedes y me contestó
con una voz que me pareció cavernosa e inquietante:

- Por aquí no pasa nadie, pasan de largo y nadie
muestra un interés por detenerse.

Pregunté si había más habitantes y dijo que era la única, la gente
abandonó el lugar hace mucho tiempo incluso hace innumerables
eones, todo quedo como está y me advirtió que es mejor no encontrar
lo que se busca…hay ciertas cosas que deben ser ignoradas.

El interior de la "hospedería" era como las demás construcciones de
la aldea, austera, siniestra, con luces tenues y todo de piedra basáltica
mezclada con granito, algo nunca visto en otros lugares, la luz apagada
parecía emanar de las paredes verdosas y lisas como espejos, todo se
reflejaba. Me invitó a que la siguiera por una escalera empedrada hasta
una habitación sin puerta, pero con una gruesa cortina, parecido a lo que
podemos encontrar en castillos de antaño, todo brillaba por la ausencia
de madera o algo parecido. La habitación de un perfecto cuadrado
presentaba más que la austeridad, todo en piedra incluso la bacina
de lavado no había espejo simplemente esa pared refulgente de color
verdoso y pulida hasta la saciedad. El catre era igualmente de piedra,
pero con un magnífico colchón de relleno irreconocible, así como las
almohadas y el edredón, incluso la mesilla de noche era pétrea con
una pequeña lámpara de luz apagada y amarillenta. Por ventana lo que
tenia era una pequeña abertura o tronera donde podía divisar algo…

The lady with vivid eyes and penetrating gaze greeted me without any expression. Her clothing looked or was from centuries past. Around her waist, she wore a leather belt with rings and from them hung multiple, immense keys. Rather than an innkeeper, she seemed like a guardian of something or a place that we should not inquire into.

I asked him if there were other people or guests and he answered me with a voice that seemed cavernous and disturbing to me:

*"Nobody passes by here; they just walk on by and
nobody shows any interest in stopping."*

I asked if there were any other inhabitants and he said I was the only one, people abandoned the place long ago even countless eons ago, everything remained as it is and he warned me that it is better not to find what you are looking for…there are certain things that should be ignored.

The interior of the "hostel" was like the other buildings in the village: austere, sinister, with dim lights and everything made of basalt stone mixed with granite, something never seen anywhere else. The dull light seemed to emanate from the greenish, mirror-smooth walls, reflecting everything. She invited me to follow her up a cobbled staircase to a room with no door, but a thick curtain, similar to what we might find in castles of yesteryear. Everything shone from the absence of wood or anything similar. The perfectly square room presented more than austerity: everything was stone, even the washbasin. There was no mirror, just that gleaming greenish wall, polished to perfection. The cot was also stone, but with a magnificent mattress of unrecognizable filling, as were the pillows and duvet. Even the bedside table was made of stone, with a small lamp that glowed yellowish. For a window, all I had was a small opening or loophole where I could see something…

Dejé mis cosas en aquella lúgubre alcoba empedrada y descendí para solicitar algo que comer y retirarme a descansar. Podía adivinar que la noche se acercaba, pero al salir a tomar algo de aire y al encuentro de la señora observé que nada había cambiado desde que llegué en la mañana, siempre ese cielo con neblina o calima, un cielo que no variaba y ese sol que se entreveía como queriendo resucitar y manifestarse, pero no.

La señora estaba sentada en la entrada contemplando el paisaje inerte, sin vida, sin signos de movimiento vital, parecía vigilar algo que no había, existía o incluso pudo haber existido.

Me senté a su lado con el propósito de entablar una conversación, un diálogo humano pues desde que llegué no vi ni un alma…Comencé con la típica pregunta banal que se inician las conversaciones:

- ¿El tiempo es siempre así por estos parajes?

Ni me miró, no movió su cabeza y empecé a notar un calor sofocante que me ahogaba y tuve que entrar.

Dentro había cierta frescura quizás por esos muros de piedra granítica y basáltica, así como la luz permanente indirecta que provenía se los muros pulidos, me fijé que no había nada en las paredes, ni cuadros, ni símbolos ni un simple colgador para abrigos. Merodeé por las estancias de la planta baja y cada vez todo era más extraño, una sala con una mesa de piedra, así como las sillas, la mesa tenia aspecto de altar, al lado otra estancia, con otro "altar" y una chimenea ennegrecida, carbonizada, pura ebonita petrificada, sin estanterías, si n alacena, parecía una cocina sin utilizar desde no sé cuanto tiempo. Tampoco había alimentos, aceites y otros elementos como agua, pan, vino, vinagre, totalmente vacío.

I left my things in that gloomy cobbled alcove and went
downstairs to ask for something to eat and retire for a rest.
I could tell night was approaching, but when I went out to
get some fresh air and meet the lady, I noticed that nothing
had changed since I arrived that morning. Still that same
foggy or hazy sky, a sky that never changed, and that sun that
seemed to want to resurrect and reveal itself, but didn't.

The lady was sitting in the entrance contemplating the inert, lifeless
landscape, with no signs of vital movement; she seemed to be watching
something that did not exist, did not exist, or even could have existed.

I sat down next to her with the intention of starting a conversation,
a human dialogue, because since I arrived I hadn't seen a soul... I
began with the typical banal question that starts conversations:

"Is the weather always like this around here?"

She didn't even look at me, didn't move her head, and I began to
feel a stifling heat that was suffocating me, and I had to go inside.

Inside, there was a certain coolness, perhaps due to the granite and
basalt stone walls, as well as the constant indirect light coming
from the polished walls. I noticed there was nothing on the walls,
no paintings, no symbols, not even a simple coat rack. I wandered
through the rooms on the ground floor, and everything seemed
stranger and stranger: a room with a stone table and chairs, the
table looking like an altar. Next to it, another room with another
"altar" and a blackened, charred fireplace, pure petrified ebony. No
shelves, no cupboards. It looked like a kitchen that hadn't been used
for I don't know how long. There was also no food, oils, or other
items like water, bread, wine, or vinegar, all completely empty.

La señora apareció y pareció adivinar lo que quería, le
dije si podría comer algo. Me invitó a la sala de la gran
mesa altar y dijo que había puchero de judías con carne,
patata y verduras frescas, pan y vino. Me sorprendió
y asenté gratamente, era una buena comida.

Al poco tiempo apareció con el puchero humeante el
pan recién hecho y una jarra de vino de loza basta y
platos de pizarra, cubiertos de un mineral desconocido
como mezcla de metal, ebonita y granito.

Una vez servido se quedó de pie observándome con su gran
cinturón-faja cargado de llaves. Sinceramente aquel potaje
estaba delicioso, así como el vino entre dulzón meloso y seco,
un néctar de los dioses como descrito en leyendas antañas.

En un momento dado no pude contenerme y le pregunté por ese
gran manojo de llaves colgado en su cintura, no había puertas.

-Son para abrir aquello que podemos tolerar
y cerrar lo que no soportamos.

-Pero…insistí, ¡no hay puertas!

-Las puertas existen, pero no las vemos

Todo volvió a su silencio habitual.

Ante la evidente falta de comunicación me retiré al aposento.

La cama era cómoda dentro de la sobriedad y dureza de la piedra
que me rodeaba, caí en un sopor duermevela y empecé a soñar
cosas extrañas, mundos oníricos y oí una voz que decía:

The lady appeared and seemed to guess what I wanted. I asked if I could have something to eat. She invited me into the room with the large altar table and said there was bean stew with meat, potatoes, and fresh vegetables, bread, and wine. I was pleasantly surprised and nodded; it was a good meal.

Shortly after, freshly baked bread appeared with the steaming pot, along with a coarse earthenware wine jug and slate plates covered with an unknown mineral, a mixture of metal, ebonite and granite.

Once served, he stood watching me with his large sash laden with keys. Honestly, the stew was delicious, as was the wine, somewhere between sweet and honeyed and dry, a nectar of the gods as described in ancient legends.

At one point, I couldn't help myself and asked her about that big bunch of keys hanging from his waist, there were no doors.

"They are to open what we can tolerate and close what we cannot stand."

"But...I insisted, there are no doors!"

"The doors exist, but we don't see them."

Everything returned to its usual silence.

Given the obvious lack of communication, I retreated to the room.

The bed was comfortable within the sobriety and hardness of the stone that surrounded me, I fell into a light sleep and began to dream strange things, dream worlds and I heard a voice saying:

Los dioses han muerto, solo discuten y nos abandonan, los reyes dejan de gobernar, el pueblo yace ocioso y todo parece estar en una quietud inquieta.

Se oyen gemidos, sollozos, gritos de delirio, una diatriba entre seres divinos queriendo resurgir entre aquellos que les olvidaron.

Todo debe comenzar de nuevo. Partamos de la oscuridad para crear la luz.

Soñé con una multitud de seres divinos luchando y comandados por otros seres de carácter divino, no era una lucha con armas si no con la palabra, la dialéctica, todo era un caos, pero en cierto modo organizado. Dialogaban sobre creaciones y funciones de cada elemento, de como iniciar y de como acabar. Caí en el sopor profundo.

Mi despertar fue un tanto súbito y tuve que adaptarme al lugar donde me hallaba, me levanté y fui a despejarme con agua y aclarar mi mente, corrí la cortina espesa del ventanuco para seguir viendo ese mismo cielo de neblina constante y con un sol ávido de salir y mostrar su majestuosidad.

Desde aquel ventanuco de la alcoba divisé una torre solitaria levantada en mitad de un paraje olvidado donde nunca llega la luz en su esplendor. Aquella torre me intrigó y pensé que una visita sería mi destino del día, salir del tedio que me producía la casa.

Bajé a desayunar y no sé cómo esa señora sabía que ese era mi deseo. Sobre la mesa del pétreo comedor había pan recién hecho, miel y un gran tazón de leche caliente. Nunca pude adivinar de dónde salía la comida.

La señora me observaba de pie con su gran manojo de llaves que tampoco nunca sabré lo que abren o cierran.

"The gods are dead, they only argue and abandon us, kings cease to rule, the people lie idle and all seems to be in an uneasy stillness."

"We hear moans, sobs, screams of delirium, a diatribe between divine beings wanting to re-emerge among those who have forgotten them."

"Everything must begin again. Let's start from darkness to create light."

"I dreamed of a multitude of divine beings fighting, commanded by other divine beings. It wasn't a fight with weapons, but with words, a dialectic. Everything was chaotic, but organized in a certain way. They discussed creations and the functions of each element, how to begin and how to end. I fell into a deep sleep."

My awakening was somewhat sudden and I had to adapt
to the place where I was. I got up and went to clear my
head with water. I drew the thick curtain over the small
window to continue seeing that same sky of constant fog
and a sun eager to come out and show its majesty.

From that small bedroom window, I saw a solitary tower standing in
the middle of a forgotten landscape where the light never reaches its full
splendor. That tower intrigued me, and I thought a visit would be my
destiny for the day, a way to escape the tedium the house caused me.

I went down to breakfast, and I don't know how that lady
knew that was my wish. On the stone dining room table,
there was freshly baked bread, honey, and a large bowl of hot
milk. I could never guess where the food came from.

The lady stood watching me with her large bunch of keys,
which I will also never know what they open or close.

Evidentemente se mantenía callada y observándome con su atractiva mirada de ojos opalinos, observando el no sé qué (¿).

Con el fin de entablar una conversación de mañana, la hora era indefinida en aquel lugar, siempre la misma luz, le pregunté por la torre que había visto. Ni me miró, simplemente se limitó a decir y repetir aquello de "Es mejor no encontrar lo que se busca".

Visto la elocuencia y las ganas de hablar de mi posadera, decidí salir, el aire era pesado, siempre esa eterna calima y con el sol en el mismo punto. No hay concepto de tiempo.

Decidido a mi paseo, tomé el camino que me parecía el más directo, aquel en que podía ver mi objetivo. El avance se hacía arduo como si tuviese un gran peso a mis espaldas, como si algo me impidiera llegar al destino marcado. En un momento dado me encontré más ligero, así como el aire incluso la torre se divisaba más clara, aunque más lejos. No cejé en mi empeño y meta, tenía todo el "día".

Finalmente llegué al pie de la torre de piedra gris oscura, incluso algo negruzca y húmeda, hecha de bloques enormes en perfecta colocación, sin ornamentos exteriores, solo la crudeza de los bloques tallados en otros tiempos, así como con la sensación de que fue construida no para ser habitada sino para vigilar o encerrar algo.

El aire alrededor de la torre era frío incluso gélido y el silencio era sepulcral.

La rodee buscando alguna apertura pues hasta ahora solo podía contemplar unas estrechas ventanas abiertas en los bloques donde no emanaba ni entraba luz, una oscuridad inquietante.

She was obviously keeping quiet and watching me with her attractive opaline eyes, observing I don't know what (?).

In order to start a conversation in the morning, the time was indefinite in that place, the light always the same—I asked her about the tower she'd seen. She didn't even look at me; she simply repeated, "It's better not to find what you're looking for."

Given my hostess's eloquence and eagerness to talk, I decided to go outside. The air was heavy, always that eternal haze, and the sun in the same spot. There's no concept of time.

Determined to walk, I took the path that seemed most direct, the one where I could see my goal. The progress seemed arduous, as if I had a great weight on my shoulders, as if something were preventing me from reaching my intended destination. At one point, I felt lighter, like the air; even the tower seemed clearer, although farther away. I didn't give up on my determination and goal; I had all day.

Finally, I reached the foot of the dark gray, even somewhat blackish, damp stone tower, made of enormous blocks perfectly arranged, with no exterior ornamentation, only the crudeness of blocks carved in other times, as well as the feeling that it was built not to be inhabited but to watch over or enclose something.

The air around the tower was cold, even icy
and the silence was sepulchral.

I circled around it looking for some opening, because until now I could only see some narrow windows open in the blocks where no light emanated or entered, a disturbing darkness.

Después de una minuciosa inspección pude hallar una entrada pequeña, pero a la vez majestuosa. Un portón arqueado y pesado, cubierto de un musgo negruzco que retiré y al tocar esa puerta sentí frio y calor al mismo tiempo que trepaba por mi piel.

Abrí no sin esfuerzo y al franquear el umbral la penumbra me recibió como un abrazo denso, sensación de opresión. El aire es húmedo y a la vez seco, no sabría como explicarlo, había un olor de dulzura a jazmín, un perfume embriagador. A pesar de la oscuridad de aquella piedra desnuda que absorbe la luz y una vez obligado a que mis ojos se adaptaran pude entonces percibir que había una luz tenue aunque de origen desconocido.

Poco había que ver, solo la altura de la torre por dentro que desde el interior aparentaba de una inmensidad no percibida en el exterior, no había modo de subir...

Me encaminé al centro, al centro imaginario de aquella estructura, el silencio solo se rompía con el crujir de las maderas, lo único real, natural, el resto piedra u otra cosa.

Una vez que mis ojos se aclimataron a la oscuridad persistente pude distinguir en los muros unos pilares que sostenían antorchas y decidí iluminarla. ¡Por fin algo de luz!, aunque la vista era un tanto esperpéntica, todo rodeado de pilares, sobre todo en la parte central, parecía que vigilaban algo...pude distinguir ciertos relieves borrados, piedra negruzca y lleno de símbolos ilegibles.

En mi total asombro vi unas huellas en el polvo que se dirigían al circulo central de pilares y las seguí, un rastro oscuro que se pierde en una losa entreabierta bajo aquellas maderas superpuestas, maderas para ocultar.

After a thorough inspection, I found a small but majestic
entrance. A heavy, arched gate, covered in blackish
moss, which I removed. Upon touching the door, I
felt both cold and heat creeping up my skin.

I opened it with some effort, and as I crossed the threshold,
the darkness greeted me like a dense embrace, a feeling of
oppression. The air was humid yet dry, I couldn't explain it;
there was a sweet scent of jasmine, an intoxicating perfume.
Despite the darkness of that bare stone, which absorbs
the light, and once my eyes were forced to adjust, I could
then perceive a faint light, albeit of unknown origin.

There was little to see, only the height of the tower inside,
which from the inside seemed of an immensity not perceived
from the outside, there was no way to climb…

I headed to the center, to the imaginary center of that structure,
the silence only broken by the creaking of the wood, the only
thing real, natural, the rest stone or something else.

Once my eyes had adjusted to the persistent darkness, I could make
out some pillars holding torches on the walls, and I decided to
illuminate it. Finally, some light! Although the view was somewhat
grotesque. Surrounded by pillars, especially in the central part, it
seemed they were guarding something… I could make out some
faded reliefs, blackish stone and filled with illegible symbols.

In my utter astonishment, I saw footprints in the dust
leading to the central circle of pillars and I followed them,
a dark trail that disappears into a half-open slab beneath
those overlapping timbers, timbers meant to hide.

No con cierta aprehensión decidí correr esa losa descubriendo
una escalera acaracolada extrañamente iluminada. Percibía
un aire gélido perfumado que ascendía de esas entrañas, la
escalera tallada en roca viva y de escalones desiguales supe que
tenía que descender y seguir con mi curiosidad errónea.

Cada peldaño rezuma un paso a lo desconocido a lo que
no hay que buscar… ¡quizás la señora tiene razón!

El eco de las pisadas en aquellos peldaños desiguales retumba y
empecé a notar como si las propias paredes susurrarán y el aire
se volvió más opresivo cargado de un silencio indescriptible.

Al final de aquella espiral vi una puerta herrumbrosa de magníficos
dibujos, una entrada que guardara un abismo existencial, una entrada
a lo que no debiera entrar. La entreabrí y tras ella una sala repleta
de columnas ocultando un secreto que no hay que perturbar.

Entre aquella vorágine de columnas percibí una luz
mortecina y comencé a oír voces, voces, voces…

Me aproximé con sigilo escondiéndome entra la telaraña de
pilares y pude distinguir unas siluetas sin definir sentadas
una frente a la otra en una especie de altar pétreo.

Hablaban, hablaban y no tuve más remedio que afinar mis
oídos para escuchar lo que nunca hubiera deseado. Esta es la
turbulenta transcripción de lo oí, ¿por qué tuve que hacerlo?

Cuando yo les daba sabiduría tu les dabas el miedo creando
religiones y dioses para adorar y así expandir tu egoísmo.

Not without some trepidation, I decided to move that slab,
discovering a strangely lit, winding staircase. I sensed a
perfumed, icy air rising from those depths. The staircase,
carved from living rock and with its uneven steps, knew I
had to descend and continue my misguided curiosity.

Each step exudes a step into the unknown, something
you shouldn't seek... perhaps the lady is right!

The echo of footsteps on those uneven steps resounded and I began
to notice as if the walls themselves were whispering and the air
became more oppressive, filled with an indescribable silence.

At the end of that spiral, I saw a rusty door with magnificent designs, an
entrance that guarded an existential abyss, an entrance to something
that shouldn't be entered. I opened it a crack, and behind it, a room
full of columns concealing a secret that must not be disturbed.

Amidst that maelstrom of columns I perceived a faint
light and began to hear voices, voices, voices...

I approached stealthily, hiding among the web of pillars,
and I could make out some undefined silhouettes
sitting facing each other on a kind of stone altar.

They talked and talked, and I had no choice but to strain my
ears to hear what I never would have wished to hear. This is the
turbulent transcript of what I heard. Why did I have to do it?

*"When I gave them wisdom, you gave them fear by creating religions
and gods to worship and thus expand your selfishness"*

Si, ¡cierto! pretendo que todo ser tenga una oportunidad de
la creencia suprema y tú, ¡tú les alimentaste a luchar el uno
contra el otro con el único propósito de reírte de mí!

¡Efectivamente!, quería alentar tu fracaso y, sinceramente,
sigo en ello y parece, visto lo visto, tengo éxito.

¿No estás consciente con lo que han creado? Se distancian tanto
de ti como de mí. Ya no somos referentes, no les interesamos,
quieren ser sus propios dioses, defender ideales e interpretar a
su conveniencia las escrituras y el motivo de su existencia

Hemos trabajado de forma útil en un principio y de forma
inútil a lo largo del tiempo, no hemos sabido gestionar y ahora
habiendo perdido las creencias nos abocamos a la inexistencia.

"Yes, that's right! I intend for every being to have a chance at the ultimate belief, and you, you encouraged them to fight each other for the sole purpose of making fun of me!"

"Indeed! I wanted to encourage your failure and, honestly, I'm still at it and it seems, given what I've seen, I'm succeeding."

Aren't you aware of what they've created? They're distancing themselves from you and me. We're no longer a role model; we don't interest them. They want to be their own gods, defend ideals, and interpret the scriptures and the reason for their existence to their advantage.

"We worked usefully at first and uselessly over time. We failed to manage, and now, having lost our beliefs, we are headed toward nonexistence."

¡Éramos iguales!... en el comienzo.

Yo sí he gestionado, he tenido cierto éxito pues estoy latente en todos
los sitios, sin embargo, tú has tenido que ser múltiples para justificarte.
Sinceramente estoy cansado de mi presencia, fue divertido el dar
luz, oscuridad, odio, violencia, muerte, sufrimiento, pero todo ello
ahora me aburre, no hay un interés, no debo hacer nada para ver
cómo se destruyen. ¿Por qué nos imploran o rezan, con qué fin?

Tú lo único que has hecho es dividir para imperar tus conceptos
y así poder dominar en la existencia de los seres, hacerles
creer que existe un mal con el fin de inculcar un miedo y
poder así ser venerado como salvador. ¿Pero de qué?

Recuerda que tú no me creaste, surgimos a la vez en el caos que
tuvimos que organizar cada cual, con sus parcelas de visión,
pero siempre quisiste tener la exclusividad de ser el supremo,
pensabas que con la luz lo eras todo y yo la oscuridad, no olvides
que fui yo quien dio la luz y tanto uno como otro son divinos.

Temías que la creación fuera como tú y que ella
te olvidaría. ¿Quién es más egoísta?

Siempre me han llamado la luz, di el pensamiento, razonamiento
y la esperanza de que fueran ser únicos y tú solo querías
que se mantuvieran encerrados en tu "paraíso" y así poder
tener el control, tus deseos era un mundo bello pero triste
impidiendo a las criaturas salir de la monotonía y sin futuro.

¿Por qué me haces esto si nos creamos el uno al otro? Sabias que el
universo no debe ser perfecto, esas fueron tus palabras, decidimos optar
por cada uno crear sus parcelas pero tú decidiste invadir y destruir la mía.

We were equal!... in the beginning.

"I have managed, I have had some success, for I am latent everywhere, however, you have had to be multiple to justify yourself. Honestly, I am tired of my presence. It was fun to give light, darkness, hatred, violence, death, suffering, but it all bores me now. There is no interest, I must do nothing to watch them destroy themselves. Why do they implore or pray to us, to what end?"

"All you've done is divide to impose your concepts and thus dominate the existence of beings, make them believe that evil exists in order to instill fear and thus be venerated as a savior. But from what?"

" Remember that you did not create me, we emerged at the same time in the chaos that each of us had to organize, with our own plots of vision, but you always wanted to have the exclusivity of being the supreme, you thought that with the light you were everything and I was the darkness, do not forget that it was I who gave the light and both one and the other are divine."

"You had to make creation like you, and it would forget you. Who's more selfish?

"They have always called me the light, I gave the thought, reasoning and hope that they were to be unique and you only wanted them to remain locked in your "paradise" so you could have control, your desires were a beautiful but sad world preventing creatures from leaving the monotony and without a future."

"Why are you doing this to me if we created each other? You knew the universe wasn't supposed to be perfect, those were your words. We decided to each create our own plots, but you decided to invade and destroy mine."

Yo te doy esperanza de existencia, gracias a mi has tenido la
posibilidad de que te crean e incluso ciertos te veneren, pero recuerda
que por tu afán de menospreciarme lo único que has conseguido
es que existan unos elementos con caprichos egocéntricos.

Sabes de sobra que no hay ni mal ni bien, ambos deben existir
en los conceptos de los seres, sólo son marionetas manejados
por ambos, hemos jugado a probar quién era el más adorado y,
sinceramente, creo que ambos hemos perdido, hemos sido vencidos
en lo que concierne a nuestra existencia, la propia evolución de
esos seres hace que no les seamos necesarios, pero ellos mismos
se destruirán espiritual, física y mentalmente. ¿Por qué seguir?
¿Por qué a veces nos imploran, llaman y rezan, con qué fin?

¡Tú ! ¿Qué has hecho? hecho ?mente destruir una armonía,
nunca buscar un acuerdo de existencia sino dejar vagar
la idea para dominar… ¿soy yo el culpable?

Confiesa que has sido un inútil en tu perspectiva de creación a tu
conveniencia; ¡Cómo te atreves a culpabilizarme de tu juego, sólo
querías tener tu jardín de recreación con "seres" hechos a tu semejanza
para poder controlarlos a tus pensamientos y regar esas plantas
efímeras para volver a manejar a tu antojo el devenir de tus juguetes!

¡Yo!, yo he creado vida, luz, esperanza de ser, elegir,
aprender… les otorgué la escritura, el cultivo, el amor,
el odio, la existencia real y en definitiva ser algo.

Yo les di armonía, paraíso, no preocuparse de vivir, comer, procrear,
todo ello sin odio ni envidias, pero tu querías dominar esa creación,
romper el equilibrio y…mi querido hermano ¡lo has conseguido!

"I give you hope for existence, thanks to me you have had the opportunity to be believed and even venerated by some, but remember that by your desire to belittle me the only thing you have achieved is the existence of some people with self-centered whims."

"You know very well that there is neither good nor evil, both must exist in the concepts of beings, they are only puppets manipulated by both, we have played to prove who was the most adored and, sincerely, I think that we have both lost, we have been defeated in what concerns our existence, the very evolution of these beings makes us not necessary to them, but they themselves will destroy themselves spiritually, physically and mentally. Why continue? Why do they sometimes implore us, call us, and pray to us? To what end?"

"You! What have you done? You have destroyed harmony, never sought a harmonious existence, but let the idea wander to dominate... Am I to blame?"

"Confess that you've been useless in your pursuit of creating for your own convenience; how dare you blame me for your game? You only wanted to have your recreational garden with "beings" made in your image so you could control them with your thoughts and water those ephemeral plants so you could once again manipulate the future of your toys as you wished!"

"I! I have created life, light, hope to be, to choose, to learn... I granted them writing, cultivation, love, hate, real existence and ultimately to be something."

"I gave them harmony, paradise, not to worry about living, eating, procreating, all without hatred or envy, but you wanted to dominate that creation, to break the balance and... my dear brother, you have succeeded!"

¡A la realidad de todo! ¿Cuántos dioses existen, ¿uno? (todos el mismo), ¿miles en uno? ¿Cuántos males existen? ¡Todos en uno!

¡Sinceramente lo que has hecho no ha servido para nada!

Querido hermano seamos como al principio, ¡uno!, el "bien y el mal", "el mal y el bien", un equilibrio que esperemos que los seres comprendan y convivan con ambos conceptos y si ellos mismos se aniquilan comenzaremos de nuevo.

"To the reality of everything! How many gods exist? One? (All the same), thousands in one? How many evils exist? All in one!"

Honestly, what you've done has been useless!

"Dear brother, let us be as we were in the beginning, one!, "good and evil," "bad and good," a balance that we hope human beings will understand and live with both concepts, and if they themselves are annihilated, we will begin again."

¡LA DECISIÓN FUE EL DESTINO!

*Quién soy o lo que hago no importa, necesitaba estar solo y emprender
un "viaje" sin rumbo fijo. Me adentré en parajes extraños, de belleza
siniestra pero atrayente, algo diferente…árboles que sufren, colinas
negras y un olor a decadencia, todo era silencio e inerte. Todo ello
me atraía ¿por qué? No lo sé, sentía atracción en la sin vida.*

*Ahora me encuentro entre cuatro paredes, una ventana diminuta que solo
deja entrever la luz tenue del día y la oscuridad nocturna… ¿Estoy a salvo
o no?, nunca lo sabré, simplemente aguardo, espero…pero ¡no sé el qué!*

*En la puerta hay un señor o guardián de aspecto tosco con
ojos opalinos y mirada atractiva con un manojo de llaves
colgando de su cintura. ¡Esta vez sí hay puertas!*

Espero, espero, espero…

THE DECISION WAS DESTINY!

Who I am or what I do doesn't matter; I needed to be alone and embark on a "journey" with no fixed destination. I ventured into strange places, sinisterly beautiful but alluring, something different… suffering trees, black hills, and a smell of decay; everything was silent and inert. All of this attracted me. Why? I don't know; I felt drawn to the lifelessness.

Now I find myself between four walls, a tiny window that only lets in the dim light of day and the darkness of night… Am I safe or not? I'll never know, I just wait, I hope… but I don't know what!

At the door stands a rugged-looking gentleman or guard with opaline eyes and a charming gaze, a bunch of keys dangling from his waist. This time there are doors!

I hope, I hope, I hope…

"

Conectar la filosofía con
la tecnología me resulta
improbable ya que perdemos
el sentido del pensamiento
individual exclusivo y nos
dejamos llevar por lo que
algo (máquina) postula.

Connecting philosophy with technology seems unlikely to me since we lose the sense of exclusive individual thought and we let ourselves be carried away by what something (machine) postulates.

Soy un travesti, un gay, un transexual, un-una lesbiana-o, un bisexual e incluso hetero o más que no sabría definir, todo ello de la vida, busca y sé lo que mejor te defina y convenga sin dejarte llevar por lo que no eres o quieres ser y a veces te inculcan.

¡Sé libre!

I'm a transvestite, a gay man, a transsexual, a lesbian, a bisexual, and even straight, or something else I couldn't define—all of this comes from life. Seek and be what best defines and suits you, without being influenced by what you are not or what you want to be, which is sometimes instilled in you.

Be free!

Es un lugar que no puedo ni quiero recordar…el sitio sin nombre, donde nadie debe ir, donde la vida pierde su esencia existencial.

It's a place I can't and don't want to remember... the place with no name, where no one should go, where life loses its existential essence.

La religión se puede explicar como la comida por internet:

1º Hay un creador

2º Hay un profeta

3º Hay mensajeros

4º Hay una fe divulgada

Religion can be explained like internet food:

1. There is a creator
2. There is a prophet
3. There are messengers
4. There is a widespread faith

Soy…no quiero decirlo, pero sigo viendo la torre con aquel hedor que me atrajo significando la locura y el caos primordial en el que nunca saldremos.

I am…I don't want to say it, but I keep seeing the tower with that stench that attracted me, signifying the madness and primordial chaos from which we will never escape.

Quise ser dios y lo fui, para luego caer como ídolo
de masas hambrientas de creencias egoístas que sólo
piensan en la destrucción de lo que les rodea.

I wanted to be a god and I was, only to fall as an idol to masses hungry for selfish beliefs that only think about the destruction of everything around them.

He sido un arquitecto de mi vida, un ingeniero de mi construcción vital, un ecónomo fracasado, un amante volátil, un albañil de muros torcidos, un abogado del desastre, un artista imaginario y, sin embargo, permanezco en la existencia… ¿del qué?, ¡No lo sé!

I have been an architect of my life, an engineer of my vital
construction, a failed economist, a volatile lover, a bricklayer
of crooked walls, a lawyer of disaster, an imaginary artist,
and yet I remain in existence... of what? I don't know!

> Las escaleras de la vida están hechas para subir, pero ¿dónde?, algunas veces es mejor descender y pensar si merece la pena.

The stairs of life are made
for climbing, but where?
Sometimes it's better to
go down and think about
whether it's worth it.

Quise escribir un tratado
sobre la importancia del
pensar, pero, sinceramente,
no se me ocurrió nada.

> **"**
>
> I wanted to write a treatise on the importance of thinking, but honestly, I couldn't think of anything.
>
> **"**

No hay nada más sencillo que coger una pluma y plasmar tus pensamientos…los más claros, bonitos e incluso oscuros. Te servirá para saber quien eres, quieres ser y así poder transmitir sin pensar en a quien o que, en definitiva ¡eres tú!

"

There's nothing simpler than picking up a pen and capturing your thoughts...the clearest, most beautiful, and even the darkest. It will help you understand who you are, who you want to be, and thus be able to convey your thoughts without thinking about who or what, ultimately, you are!

"

Siempre nos ha faltado el ¿por qué?, el verdadero ¿por qué?, no ese que esconde otro yo, no ese que es un bucle constante dejándonos huérfanos de lo esencial sobre nosotros mismos sino el del por qué existimos y nuestro papel en este mundo o dimensión.

We have always lacked the "why," the true "why," not the one that hides another self, not the one that is a constant loop leaving us orphaned of the essential about ourselves, but the "why" of why we exist and our role in this world or dimension.

Conectar la filosofía con la tecnología me resulta improbable, ya que perdemos el sentido del pensamiento y nos dejamos llevar por lo que una máquina postula.

Connecting philosophy with
technology seems unlikely to
me, since we lose the sense of
thought and are carried away
by what a machine postulates.

Visto lo visto en nuestra
actualidad debo decir que
no habrá sitio en el infierno,
erebo o averno (si existe),
tampoco importa mucho ya
que estamos en él, ese lugar que
llamamos tierra y subir al cielo
lo veo un tanto improbable…
somos tierra y en cenizas nos
convertimos aunque quizás
exista un "alma" que se volatiliza
en el cosmos infinito.

Given what we see today, I must say that there will be no place in hell, Erebus or Avernus (if it exists), nor does it matter much since we are in it, that place we call earth and rising to heaven seems somewhat improbable to me… we are earth and we turn into ashes although perhaps there exists a "soul" that volatilizes in the infinite cosmos.

Proclamo que estamos en un claro retroceso cerebral, solo pensamos en aquello que otros dictan, publican, manifiestan sin fondo ni razonamiento ecuánime, todo de forma banal… No nos interesa nada salvo "eso" que a los demás les gusta o atrae. ¿Dónde dejamos nuestra capacidad de pensar y entendimiento vital?

I proclaim that we are clearly in a state of cerebral regression. We only think about what others dictate, publish, and express without substance or impartial reasoning, all in a banal manner… We are not interested in anything except "that" that others like or find attractive. Where have we left our capacity for thought and understanding of life?

Nacemos y morimos eso es
una realidad, pero ¿vivimos?
Existimos al nacer, existimos
al morir (para algunos).
Me pregunto: ¿Cuándo
vivimos existimos?

We are born and we die—
that's a fact, but do we live?
We exist when we are born,
we exist when we die (for
some). I wonder: When
we live, do we exist?

Tanto en la opresión como en la libertad nos oprimen.

We are oppressed both in oppression and in freedom.

> He decidido suicidarme mentalmente visto el caos existencial donde nadie puede ser libre de expresiones, todo condicionado por un "modus vivendi"

impuesto que lleva incluso a la censura del pensamiento y, por tanto, a la persona.

¡Me suicidio!

Percibo que debo partir, salir de este estado de satisfacción insatisfecha, perecer mentalmente y solo recrearme con lo existido, cada vez me escuchan menos, me leen menos, no hay interés en lo que pueda transmitir, tampoco es grave, quedaros con vuestra existencia y yo la mía.

> **I've decided to commit mental suicide, given the existential chaos where no one can freely express themselves, all conditioned by an imposed "way of life"**

(modus vivendi) that even leads to the censorship of thought and, therefore, of the person.

I'm committing suicide!

I realize I must leave, get out of this state of unsatisfied satisfaction, perish mentally and only revel in what exists. They listen to me less and less, they read me less, there is no interest in what I can transmit, nor is it serious, keep your existence and I mine.

La oscuridad me envuelve, sin embargo, hay una lámpara,
una luz, encendida que disipa la creciente negrura…
Una vez más me encuentro en el escenario adecuado para no tropezar.

Darkness surrounds me, yet there's a lamp, a light,
lit that dispels the growing darkness...
Once again I find myself in the right place to avoid stumbling.

"

Huye de lo que conoces, acércate a lo
desconocido y aprende a ser diferente.

"

Sé un fugitivo del conocimiento y un
profano de lo que hay por conocer.

"

"Sé un prisionero de tus emociones para
apreciar la libertad de ti mismo y rompe
las cadenas que te atan a los demás.

"

Escape from what you know, embrace
the unknown, and learn to be different.

Be a fugitive from knowledge and a
stranger to what there is to know.

"Be a prisoner of your emotions to
appreciate the freedom of yourself and
break the chains that bind you to others."

Lamentarse de las desgracias ajenas (guerras, hambruna, genocidios, etc....) no nos hace mejores, actuar directamente sí, sobre el terreno y sin miedo, pero ello tampoco nos hace mejores… ¡Es una satisfacción ilusoria!

Complaining about the
misfortunes of others (wars,
famine, genocide, etc.) does
not make us better; acting
directly, on the ground and
without fear, does, but that does
not make us better either... It
is an illusory satisfaction!

"

Practico la empatía con la realidad que me rodea no por imposición socialmente considerada políticamente correcta. ¡Qué horror!

"

I practice empathy with
the reality around me, not
because it's socially imposed
or considered politically
correct. How awful!

> "
>
> Una vez leí en un artículo sobre "psicología" que debemos pensar antes de tomar decisiones precipitadas (¿) …A mi juicio no es cierto y no debemos hacerlo, la improvisación y creatividad del momento es una característica humana primigenia. No nos dejemos polarizar para ser lo que no queremos o los demás desean que seamos. Somos empáticos y antipáticos conforme el momento ocurra.
>
> "

I once read in an article on "psychology" that we should think before making hasty decisions (?)... In my opinion, this isn't true, and we shouldn't do it. Improvisation and creativity in the moment are fundamental human characteristics. Let's not allow ourselves to be polarized into what we don't want to be or what others want us to be. We are empathetic and unsympathetic depending on the moment.

Me gustaría llevaros a un viaje onírico o real, ¡nunca lo sabré!,
pero puedo decir que se humilde y no esperes nada, sigue tu
camino y no mires atrás, hubo un principio y ese es el final.

I'd like to take you on a dreamlike or real journey, I'll never know! But I can say: be humble and don't expect anything, follow your path and don't look back, there was a beginning and that is the end.

¡Ma, Pa!

Has tomado una decisión, no hay vuelta atrás, ahora sólo te queda
tu fuerza y esperanza, sabes que aquellos que te acompañan
desfallecerán, lo poco que llevas no te durará mucho…

Ma, ¡lo conseguiré!, Pa, hay dudas sobre nuestra mala suerte
y con este viaje podremos dejarlo atrás, ¡lo conseguiré!

El camino es arduo, difícil, veo la muerte, el sufrimiento, la locura
y la desesperación, no sé si lo lograré hasta que no llegue al destino.
Me dicen como aliento que todo cambiará una vez llegado.

Ma, Pa, ¿creéis que podré soportar?

En mi insaciable agotamiento comienzo a escuchar esas voces …
Escucha, no sabemos cual es fin del camino o donde terminará, hay
que afrontar el viaje y tener fe en ti, nosotros pensaremos en tu éxito.

Ma, Pa, ¿llegaré?

"Mom, Dad!"

You've made a decision, there's no turning back. Now all you have left is your strength and hope. You know that those who are with you will fail, and the little you have won't last long…

Ma, I'll do it! Pa, there are doubts about our bad luck and with this trip we can put it behind us, I'll do it!

The path is arduous, difficult. I see death, suffering, madness, and despair. I don't know if I'll make it until I reach my destination. They tell me, as if to encourage me, that everything will change once I arrive.

Ma, Pa, do you think I can bear it?

In my insatiable exhaustion, I begin to hear those voices… Listen, we don't know where the end of the road is or where it will end, we must face the journey and have faith in you, we will think of your success.

Ma, Pa, will I arrive?

9 781967 820801